O JUMENTINHO que carregou um REI

Escrito por
R.C. SPROUL

Ilustrado por
CHUCK GROENINK

FIEL
Editora

S771j	Sproul, R. C. (Robert Charles), 1939- O jumentinho que carregou um rei / escrito por R. C. Sproul ; ilustrado por Chuck Groenink ; [tradução: Laura Makal]. – São José dos Campos, SP: Fiel, 2017.

38 p. : il. color.
Tradução de: The donkey who carried a king.
ISBN 9788581323947

1. Literatura infanto-juvenil cristã. I. Título. II. Groenink, Chuck, ilustrador.

CDD: 808.899282

Catalogação na publicação: Mariana C. de Melo Pedrosa – CRB07/6477

O JUMENTINHO QUE CARREGOU UM REI

Título Original em Inglês:
The Donkey Who Carried a King
Texto: © 2012 por R. C. Sproul
Ilustrações: © 2012 por Chuck Groenink

Publicado originalmente em inglês por
Reformation Trust, uma divisão de Ligonier Ministries
400 Technology Park, Lake Mary, FL 32746

Copyright © 2015 Editora Fiel
Primeira Edição em Português: 2017

Todas as citações bíblicas na seção "Para Pais" foram utilizadas da versão Almeida Revista e Atualizada
Todos os direitos em língua portuguesa reservados por Editora Fiel da Missão Evangélica Literária.

PROIBIDA A REPRODUÇÃO DESTE LIVRO POR QUAISQUER MEIOS, SEM A PERMISSÃO
ESCRITA DOS EDITORES, SALVO EM BREVES CITAÇÕES, COM INDICAÇÃO DA FONTE.

Diretor: Tiago J. Santos Filho
Editor-chefe: Vinicius Musselman
Editora: Renata do Espírito Santo
Coordenação Editorial: Gisele Lemes
Tradução: Laura Makal
Revisão: Renata do Espírito Santo
Ilustrações: Chuck Groenink
Capa e Diagramação: Metaleap Creative
Adaptação para português: Rubner Durais

ISBN impresso: 978-85-8132-394-7
ISBN e-book: 978-85-8132-454-8

À MARAVILHOSA EQUIPE da SAINT ANDREW'S CHAPEL

✾

"Tal como o Filho do Homem, que não veio para ser servido, mas para servir e dar a sua vida em resgate por muitos"

MATEUS 20.28

"Carregando ele mesmo em seu corpo, sobre o madeiro, os nossos pecados"

1 PEDRO 2:24A

Certo dia, um menino chamado Joãozinho voltava para casa após brincar com alguns amigos de sua vizinhança. Ele estava chorando quando entrou na cozinha procurando por sua mãe. Ela o viu e lhe perguntou: "Joãozinho, o que aconteceu?".

Os lábios dele tremiam enquanto tentava enxugar as próprias lágrimas. Joãozinho tinha oito anos de idade e não gostava de chorar, mas não conseguiu evitar.

Ele disse: "Mamãe, toda vez que vou brincar com os meninos, eles me deixam por último. Isso me entristece muito!".

Bem naquele instante, o pai e o avô de João-zinho entraram na cozinha. A mamãe lhes disse: "Joãozinho está chateado. Os amigos o dei-xaram por último nas brincadeiras".

O pai de Joãozinho o abraçou e disse: "Sei como você se sente. Quando tinha a sua idade, eu também era o último a ser escolhido para as brincadeiras".

"Sério?" – Perguntou Joãozinho, surpreso.

Seu pai concordou: "Sim! Eu lembro o quanto isso me magoava".

Cabisbaixo, Joãozinho disse: "Eu acho que eles me deixam por último porque eu não sou muito bom nas brincadeiras". Seu pai disse: "Já que o vovô está aqui, talvez ele possa te ajudar com essa questão. Vovô, o que você acha que Joãozinho deve fazer?".

Vovô pensou um pouco e então respondeu: "Joãozinho, você já ouviu falar sobre o jumentinho que carregou um rei?".

Joãozinho deu um belo sorriso, pois sabia que estava prestes a ouvir mais uma das maravilhosas histórias do vovô.

"Não, vovô" - disse ele - "eu nunca ouvi essa história, mas eu adoraria ouvi-la agora." Então vovô se sentou, e Joãozinho sentou em seu colo. Ele não se considerava grandinho demais para isso.

"Sabe, Joãozinho" - vovô começou - "há muito anos, fui a Jerusalém e vi uma coisa engraçada. Muita gente montava em jumentos. Em Jerusalém, os jumentos são pequenos se comparados aos daqui. Eles só crescem cerca de um metro e meio de altura. Ver um adulto montando um desses jumentos me fez rir. O homem teve que manter suas pernas encolhidas por todo o caminho, para que seus pés não arrastassem no chão. E o pequeno jumento carregou nas costas aquele homem pelas ruas.

Quero te contar sobre um jumentinho igual a esse que vi em Jerusalém. O jumentinho da minha história nunca havia sido escolhido para fazer nada. Ele se perguntava se alguma vez seria escolhido para fazer algum trabalho. Mas, um dia, ele foi escolhido para uma tarefa muito especial."

Há muitos e muitos anos, havia um jumentinho chamado Girico. Ele morava num vilarejo próximo à cidade de Jerusalém.

Girico era muito novo para trabalhar, então ficava a maior parte do tempo no estábulo. Ele tinha irmãos e irmãs, mas nenhum deles podia brincar com Girico porque tinham que trabalhar. Às vezes, eles carregavam sacos de azeitonas para o seu dono. Outras vezes, trabalhavam para as pessoas da comunidade, e alguns deles até carregavam adultos em suas costas.

Girico nunca precisou carregar nada nem ninguém, pois tudo o que fazia, todos os dias, era ficar parado, comer e dormir. Isso era muito chato, e Girico vivia triste, porque parecia que ninguém queria que ele fizesse nada.

Os outros jumentos que ficavam no mesmo estábulo que Girico contavam histórias sobre os jumentos mais famosos que já existiram. Uma delas era sobre a jumenta de um homem chamado Balaão.

Um rei mau pediu a Balaão uma profecia contra o povo de Deus. Enquanto Balaão, montado numa jumenta, se dirigia para o lugar onde o povo de Deus estava acampado, um anjo bloqueou o seu caminho. A jumenta parou, mas como Balaão não conseguia ver o anjo, ele ficou muito irritado e bateu na jumenta. Então o Senhor Deus deu à jumenta o poder de falar.

A jumenta perguntou: "O que eu fiz para você me bater assim?".

Balaão disse: "Você não está me tratando bem". Então Deus permitiu que Balaão visse o anjo. O anjo então disse: "O que você está planejando fazer é errado". Quando Balaão ouviu isso, decidiu não profetizar contra o povo de Deus.

Os jumentos também contaram uma história sobre Barnabé, um dos jumentos mais velhos que viviam com eles. Alguns anos antes, Barnabé tinha vivido na cidade de Nazaré. Seu proprietário era José, um carpinteiro.

José e sua esposa Maria, a qual estava prestes a ter um bebê, tinham que ir até a sua cidade natal, Belém. Maria então viajou na garupa de Barnabé. Quando eles chegaram a Belém, o bebê de Maria estava pronto para nascer. Todas as pousadas estavam cheias, então eles passaram a noite em um estábulo, onde os animais eram mantidos.

Lá, Maria teve o seu bebê. Seu nome era Jesus.

Pastores vieram até o estábulo e adoraram o menino Jesus. Eles sabiam que ele era o Messias que viera para salvar o seu povo. Depois, Barnabé carregou Maria e o menino Jesus de volta a Nazaré.

Girico gostava de ouvir as histórias sobre os jumentos famosos e as coisas importantes que haviam feito. Ele também queria fazer algo importante, mas seu dono nunca o escolhia para nada.

Porém, um dia, tudo isso mudou.

Certa manhã, quando Girico estava se sentindo muito triste, porque não tinha nada para fazer e só podia comer e dormir, ele viu dois estranhos se aproximando. Eles falaram baixinho com o seu dono. Girico tentou ouvir a conversa. Ele não conseguia entender todas as palavras, mas ouviu um dos homens dizer: "Porque o Senhor precisa dele". Girico se perguntou sobre o que eles estavam falando.

O dono de Girico veio até o estábulo, desprendeu-o do portão e o levou até aqueles dois homens. "Tomem este jumento" - disse ele. "O nome dele é Girico. Ninguém nunca o montou antes, mas acho que ele será capaz de fazer este trabalho."

Girico se perguntou: "O que será que eles querem que eu faça? Seja lá o que for, parece ser um trabalho importante para esses homens!".

Então eles levaram Girico pelas ruas, e logo ele viu uma multidão. Os dois homens falaram com a pessoa que parecia estar no comando e o chamaram pelo nome - Jesus. Algumas daquelas pessoas colocaram seus casacos nas costas de Girico. Então, para o seu espanto, Jesus se sentou em suas costas. Parecia estranho ter alguém sentado nas costas, mas Girico estava entusiasmado com a tarefa. Assim, ele começou a trotar em direção a Jerusalém, carregando Jesus.

Enquanto iam pelas ruas, uma multidão se aproximava e colocava seus casacos e ramos de palmeiras no chão, para que Girico passasse com Jesus. E começaram a cantar, clamar e a balançar os ramos no ar, dizendo: "Hosana, bendito o que vem em nome do Senhor, o Rei de Israel!". Girico ficou surpreso com o que estava ouvindo! E pensou: "Um rei está montado em minhas costas. Eu não posso acreditar que fui escolhido para levar um rei!".

Girico se empenhou para levar o rei dando o melhor de si. Ele caminhava cuidadosamente sobre o caminho feito de casacos e ramos de palmeiras, esforçando-se para levar Jesus tranquilamente.

Depois que entraram em Jerusalém, Jesus desceu e deu um tapinha nas costas de Girico, que o observou entrar no templo.

Girico se sentiu muito orgulhoso. "Eu carreguei o rei" - pensou. "Eu devo ser um jumentinho muito especial!"

No dia seguinte, o dono de Girico concluiu que ele estava pronto para trabalhar. Um dos servos colocou dois sacos de azeitonas nas costas de Girico e partiu para entregá-los. Os sacos eram pesados e arranhavam as costas de Girico. Algumas vezes, ele se sentiu tão cansado que se sentou na estrada. Mas o servo puxou o cabresto em seu pescoço e o levou adiante.

Quando Girico chegou em casa, ele estava muito mal-humorado. "Por que o nosso dono me fez carregar essas azeitonas?" - resmungou para o velho jumento Barnabé. "Eu carreguei o rei; eu não deveria ter que transportar coisas sem importância."

Barnabé franziu a testa. "Nós somos jumentos" - disse ele. "Nosso trabalho é carregar as coisas, seja lá o que o nosso dono decidir colocar sobre as nossas costas. Todo trabalho é importante, mesmo carregar sacos de azeitonas, e você deve dar o seu melhor para fazê-lo bem."

"Hum..." - disse Girico. "Acho que nunca vou gostar desse tipo de trabalho. Acho que eu sou melhor em trabalhos especiais, como transportar pessoas importantes."

Mas Girico tinha que carregar muitas coisas todos os dias. Às vezes, ele carregava sacos de azeitonas. Outras vezes, um dos servos o montava para realizar tarefas para o seu dono. Girico não gostava de fazer nada disso. Ele não conseguia entender por que o seu mestre estava dando a ele essas tarefas comuns.

Certa manhã, um dos servos levou Girico até uma aldeia do outro lado de Jerusalém. Quando estavam retornando pela cidade, Girico viu uma multidão descendo a rua em direção a eles. As pessoas pareciam estar gritando com raiva de alguém enquanto passavam por ali. O servo levou Girico até a beira do caminho, para que a multidão pudesse passar.

Girico avistou a pessoa com quem a multidão gritava. Era Jesus – o rei que Girico havia carregado, com tanta alegria, até Jerusalém apenas alguns dias antes. Mas, dessa vez, aquelas pessoas pareciam estar furiosas com Jesus. Girico ficou pensando sobre o que poderia ser.

Então Girico percebeu que Jesus estava carregando algo – um tronco áspero e pesado de madeira. Jesus parecia estar levando aquele tronco com grande dificuldade. Quando viu que Jesus estava ferido, Girico suspirou - as costas de Jesus estavam cobertas de cortes e ferimentos, e sua cabeça estava sangrando por causa de uma coroa de espinhos afiados. De repente, Jesus caiu. Ele não conseguia levar aquele tronco adiante. Girico desejou de todo o seu coração poder levar aquela cruz para Jesus. Ele puxou a sua corda, mas o servo o segurou. Os soldados que estavam com Jesus pegaram um homem da multidão e o obrigaram a levar a cruz.

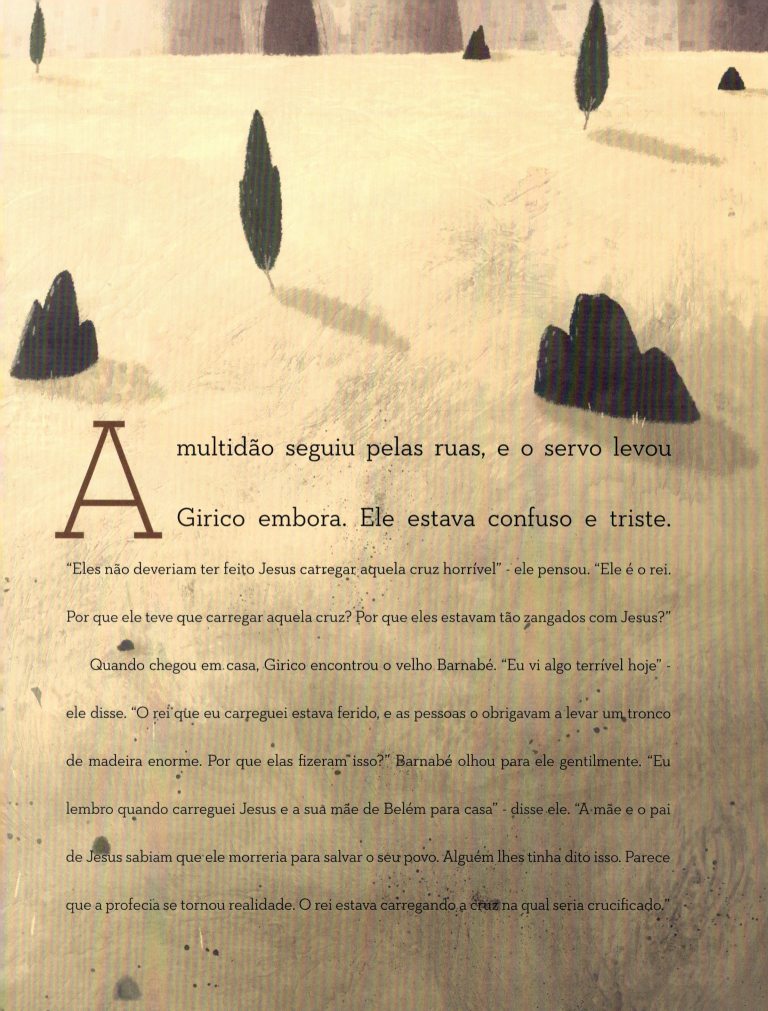

A multidão seguiu pelas ruas, e o servo levou Girico embora. Ele estava confuso e triste.

"Eles não deveriam ter feito Jesus carregar aquela cruz horrível" - ele pensou. "Ele é o rei. Por que ele teve que carregar aquela cruz? Por que eles estavam tão zangados com Jesus?"

Quando chegou em casa, Girico encontrou o velho Barnabé. "Eu vi algo terrível hoje" - ele disse. "O rei que eu carreguei estava ferido, e as pessoas o obrigavam a levar um tronco de madeira enorme. Por que elas fizeram isso?" Barnabé olhou para ele gentilmente. "Eu lembro quando carreguei Jesus e a sua mãe de Belém para casa" - disse ele. "A mãe e o pai de Jesus sabiam que ele morreria para salvar o seu povo. Alguém lhes tinha dito isso. Parece que a profecia se tornou realidade. O rei estava carregando a cruz na qual seria crucificado."

Girico ficou surpreso: "Então o rei estava sendo um servo para os outros" - disse ele. "Sim, Girico" - respondeu Barnabé - "é terrível que ele esteja sendo tão maltratado. Mas o que ele está fazendo é maravilhoso."

Girico ficou em silêncio por alguns minutos. Por fim, ele disse: "Se o rei estava disposto a carregar aquela cruz terrível, eu não vou reclamar de ter que transportar azeitonas para o nosso dono. Vou seguir o exemplo de Jesus e ser um servo prestativo".

Vovô olhou para Joãozinho e disse: "Joãozinho, até o dia em que Girico foi escolhido para levar Jesus a Jerusalém, nunca havia sido dado a ele qualquer coisa para fazer. Seu dono nunca o havia escolhido para nada, nem mesmo para a tarefa mais fácil. Mas os seus amigos escolhem você para participar das brincadeiras. Então eu gostaria que você agradecesse por ter a chance de brincar. Você faria isso por mim, Joãozinho?". "Sim, vovô" - disse ele. "Você está certo. Eu sei que devo ser grato por poder brincar, mesmo sendo o último escolhido."

"Que bom!" - vovô disse com um sorriso - "Além disso, faça o melhor para ficar contente com o que lhe pedirem para fazer, porque cada jogador e cada função nos jogos e brincadeiras são importantes. Se você for escolhido para fazer algo especial, não fique orgulhoso como Girico. Se você receber uma tarefa que não parece ser muito divertida, faça esse trabalho da melhor maneira possível. Lembre-se de que Deus Pai escolheu Jesus para o pior trabalho de todos, mas ele o realizou com boa vontade para agradar a seu pai e para salvar o seu povo".

"Uau, você está certo, vovô!", disse Joãozinho. "Eu nunca havia pensado dessa maneira antes."

Vovô logo deu um abraço em Joãozinho. "Esse é o meu garoto!" – disse ele. "Mas deixe-me contar o resto da história, a parte que Girico não entendeu."

Naquele dia, Jesus morreu numa cruz. Quando ele morreu, deu a própria vida para salvar o povo dos seus pecados. De certa forma, ele levou os pecados e a culpa do povo. Ao morrer por eles, tomou o castigo que mereciam por pecar contra um Deus santo - o castigo que você e eu merecemos. Ele era um rei, mas tornou-se um servo para o seu povo.

"E sabe de uma coisa, Joãozinho? Jesus não permaneceu morto. Três dias depois, ele ressuscitou dos mortos e agora reina para sempre com Deus no céu. Essa é a melhor notícia de todas!"

Joãozinho sorriu. "Com certeza é, vovô" - disse ele. "Ele é o maior rei de todos, e eu quero servi-lo e fazer o que ele me pedir para fazer, seja um pequeno trabalho ou uma tarefa muito importante."

Aos Pais

❧

Esperamos que você e seu filho tenham tido uma leitura agradável de O *Jumentinho* Que *Carregou Um Rei*. As perguntas e passagens da Bíblia a seguir podem ser úteis para que você guie seu filho em uma compreensão mais profunda da história e a aplique à vida dele. Alguns conceitos e perguntas podem ser muito avançados para crianças mais novas. Se este for o caso do seu filho, considere reler esta história à medida que ele for crescendo no conhecimento das coisas de Deus.

Entendendo a História

P1: *Girico, o jumentinho, teve dois encontros com Jesus. No primeiro encontro, ele carregou Jesus até Jerusalém. Como é chamado esse acontecimento?*

- Esse acontecimento é chamado de A Entrada Triunfal de Jesus em Jerusalém. Jesus entrou em Jerusalém montado num jumento, enquanto seus seguidores celebravam.

"Quando se aproximavam de Jerusalém, de Betfagé e Betânia, junto ao monte das Oliveiras, enviou Jesus dois dos seus discípulos e disse-lhes: Ide à aldeia que aí está diante de vós e, logo ao entrar, achareis preso um jumentinho, o qual ainda ninguém montou; desprendei-o e trazei-o. Se alguém vos perguntar: Por que fazeis isso? Respondei: O Senhor precisa dele e logo o mandará de volta para aqui. Então, foram e acharam o jumentinho preso, junto ao portão, do lado de fora, na rua, e o desprenderam.
Alguns dos que ali estavam reclamaram: Que fazeis, soltando o jumentinho? Eles, porém, responderam conforme as instruções de Jesus; então, os deixaram ir. Levaram o jumentinho, sobre o qual puseram as suas vestes, e Jesus o montou. E muitos estendiam as suas vestes no caminho, e outros, ramos que haviam cortado dos campos. Tanto os que iam adiante dele como os que vinham depois clamavam: Hosana! Bendito o que vem em nome do Senhor! Bendito o reino que vem, o reino de Davi, nosso pai! Hosana, nas maiores alturas!" (Mc 11.1-10).

P2: *Qual é o significado da entrada triunfal de Jesus em Jerusalém??*

- A entrada triunfal de Jesus em Jerusalém foi a realização de uma das profecias do Antigo Testamento.

"Alegra-te muito, ó filha de Sião; exulta, ó filha de Jerusalém: eis aí te vem o teu Rei, justo e salvador, humilde, montado em jumento, num jumentinho, cria de jumenta."
(Zacarias 9.9)

- Ao entrar dessa forma em Jerusalém, a Cidade Santa, Jesus estava mostrando que ele era o salvador. O povo o reconheceu como salvador e o louvou, e Jesus recebeu o louvor e a adoração deles.

"E, quando se aproximava da descida do monte das Oliveiras, toda a multidão dos discípulos passou, jubilosa, a louvar a Deus em alta voz, por todos os milagres que tinham visto, dizendo: Bendito é o Rei que vem em nome do Senhor! Paz no céu e glória nas maiores alturas! Ora, alguns dos fariseus lhe disseram em meio à multidão: Mestre, repreende os teus discípulos! Mas ele lhes respondeu: Asseguro-vos que, se eles se calarem, as próprias pedras clamarão."
(Lucas 19.37-40)

P3: *Em seu segundo encontro com Jesus, Girico o viu carregando algo. O que Jesus estava carregando?*

- Jesus estava carregando uma cruz (ou, possivelmente, a viga horizontal da cruz) na qual seria crucificado.

"Então, Pilatos o entregou para ser crucificado. Tomaram eles, pois, a Jesus; e ele próprio, carregando a sua cruz, saiu para o lugar chamado Calvário, Gólgota em hebraico." (João 19.16-17)

• A Bíblia também diz que Jesus "carregou" ou levou sobre si os nossos pecados quando morreu na cruz. Isso significa que ele recebeu a punição que o seu povo merecia por transgredir os mandamentos de Deus.

"Carregando ele mesmo em seu corpo, sobre o madeiro, os nossos pecados." (1 Pedro 2.24a)

P4: *Por que Jesus seria crucificado?*

• Jesus foi condenado à morte pelos líderes religiosos de seu tempo, porque eles tinham inveja de Jesus e não compreendiam quem ele era.

"A quem quereis que eu vos solte, a Barrabás ou a Jesus, chamado Cristo? Porque sabia que, por inveja, o tinham entregado. (Mateus 27.17b-18)

"E agora, irmãos, eu sei que o fizestes por ignorância, como também as vossas autoridades." (Atos 3.17)

P5: *A morte de Jesus na cruz frustra o plano de Deus de salvar o seu povo?*

• Não. Deus planejou que Jesus fosse crucificado para salvação de seu povo.

"Ela dará à luz um filho e lhe porás o nome de Jesus, porque ele salvará o seu povo dos pecados deles." (Mateus 1.21)

"Sendo este entregue pelo determinado desígnio e presciência de Deus, vós o matastes, crucificando-o por mãos de iníquos." (Atos 2.23)

P6: *Como sabemos que a morte de Jesus foi parte do plano de Deus, e que Deus aceitou sua morte como pagamento pelos pecados de seu povo?*

• Sabemos estas coisas, porque Deus ressuscitou Jesus dentre os mortos.

"O qual, segundo a carne, veio da descendência de Davi e foi designado Filho de Deus com poder, segundo o espírito de santidade pela ressurreição dos mortos, a saber, Jesus Cristo, nosso Senhor." (Romanos 1.3b-4)

Aplicando as Verdades

P7: *Jesus carregou sua cruz até o Gólgota. Num sentido espiritual, ele também carregou os nossos pecados. O que ele nos ordena que carreguemos hoje?*

• Jesus nos ordena a carregar a nossa própria cruz também.

"Então, disse Jesus a seus discípulos: Se alguém quer vir após mim, a si mesmo se negue, tome a sua cruz e siga-me." (Mateus 16.24)

"E qualquer que não tomar a sua cruz e vier após mim não pode ser meu discípulo." (Lucas 14.27)

P8: *O que isso significa?*

• Significa negar a si mesmo, colocar Deus e as pessoas em primeiro lugar, e estar disposto a obedecer a Deus independentemente das circunstâncias.

"Buscai, pois, em primeiro lugar, o seu reino e a sua justiça, e todas estas coisas vos serão acrescentadas." (Mateus 6.33)

"Mas como servos de Cristo, fazendo, de coração, a vontade de Deus." (Efésios 6.6b)

P9: *O velho jumento Barnabé disse a Girico: "Todo trabalho é importante, mesmo carregar sacos de azeitonas, e você deve dar o seu melhor para fazê-lo bem." A Bíblia concorda com Barnabé?*

• Sim. A Bíblia nos diz que tudo o que fazemos é culto ao nosso Senhor. Portanto, devemos fazer tudo da melhor maneira possível a fim de agradarmos a Deus.

"Portanto, quer comais, quer bebais ou façais outra coisa qualquer, fazei tudo para a glória de Deus." (1 Coríntios 10.31)

"Fazei tudo sem murmurações nem contendas." (Filipenses 2.14)

P10: *Por que devemos ter essa atitude?*

• Jesus se entregou totalmente ao morrer em nosso lugar, e nós devemos seguir o seu exemplo.

"Tende em vós o mesmo sentimento que houve também em Cristo Jesus, pois ele, subsistindo em forma de Deus, não julgou como usurpação o ser igual a Deus; antes, a si mesmo se esvaziou, assumindo a forma de servo, tornando-se em semelhança de homens;

e, reconhecido em figura humana, a si mesmo se humilhou, tornando-se obediente até à morte e morte de cruz." (Filipenses 2.5-8)

P11: *O vovô incentivou Joãozinho a ficar contente e a ser grato pelas coisas que ele fosse escolhido para fazer, independente do tipo de tarefa que tivesse de realizar. Deus quer que sejamos agradecidos e contentes?*

• Sim. A Bíblia sempre nos encoraja a sermos agradecidos e contentes.

"Seja a paz de Cristo o árbitro em vosso coração, à qual, também, fostes chamados em um só corpo; e sede agradecidos." (Colossenses 3.15)

"Seja a vossa vida sem avareza. Contentai-vos com as coisas que tendes; porque ele tem dito: De maneira alguma te deixarei, nunca jamais te abandonarei." (Hebreus 13.5)

P12: *Joãozinho disse que Jesus é "o maior rei de todos". Ele estava certo?*

• Sim. Jesus é muito maior do que qualquer outro rei que já tenha vivido ou que ainda venha a existir.

"Porque convém que ele reine até que haja posto todos os inimigos debaixo dos pés." (1Coríntios 15.25)

"Tem no seu manto e na sua coxa um nome inscrito: REI DOS REIS E SENHOR DOS SENHORES." (Apocalipse 19.16)

P13: *Como devemos agir diante do rei Jesus?*

• Devemos servi-lo com alegria.

"Servi ao SENHOR com alegria, apresentai-vos diante dele com cântico." (Salmo 100.2)

Sobre o Autor

Dr. R. C. Sproul (1939-2017) foi ministro presbiteriano,
fundador do ministério Ligonier, professor de teologia e autor
de mais de sessenta livros, vários deles publicados em português.
Durante os mais de quarenta anos de ministério no ensino
acadêmico e na igreja, o Dr. Sproul se tornou conhecido
por transmitir com clareza as verdades profundas
e práticas da Palavra de Deus.

Sobre o Ilustrador

Chuck Groenink nasceu e cresceu na Holanda.
Frequentou o *ArtEZ Institute of Arts*, graduando-se em
Ilustração em 2004. Seu trabalho foi destaque nos sites
Drawn e Pikaland, e ele já ilustrou livros para vários
editores renomados na Holanda.
Em 2010, mudou-se para Portland, no Oregon.
Gosta de gatos, livros, cidades antigas, árvores grandes,
bichinhos, gengibre, máquinas de datilografar, mas não gosta
nada de carros, celulares, propagandas, couve-flor, pão barato,
capas de livro feias, e de acordar cedo.

Impresso na Hawaii Gráfica e Editora, em Setembro/2024